新雅文化事業有限公司
www.sunya.com.hk

集合吧！
一班瘋狂的角色
甲蟲農場的動物們
阿呼
啊——我是一隻小豬，你別看我喜歡睡覺就以為我很懶惰……我只是深藏不露！
木木
我是一隻牧羊犬，這農場所有動物都由我來保護。你說有狼來了……現在正好是到河邊唸詩的時間，我先走啦！
牛頓
看到我的名字，你就知道我是一隻聰明的兔子。你不相信？我可是有中學畢業文憑的！
小發
唷——我就是甲蟲農場的主人小發，不過我真正愛的是搖滾音樂！而到了今日，我的夢想終於要成真了，我要告別農場了！

美美
我是農場所有母雞的頭領，我的消息也很靈通，最近就聽到主人小發走了，那麼我以後就不用每天下蛋了！
甲蟲農場
麗麗
農場裏所有鴨子都聽我的。我是美美的忠實跟班，我們經常一起搬弄是非……不，是談天說地才對。
侵略者團夥
我明明是一隻吃肉的狼，為什麼天天只能吃水果？一定是我的手下太沒用，抓不到獵物回來給我吃！
狼大
我是一隻狐狸，是團夥裏的第二位。你說我狡猾？不，我是聰明，一聽到甲蟲農場的流言，就想到計策了！
狐二
熊三
我是一頭大熊，是團夥裏的第三位。第三位代表最小嗎？我才不小，我的氣力最大！

甲蟲農場及周邊地圖

A 正門

木造的柵欄門，插了一個門栓，還上着鎖。敵人應該攻不進來吧？

B 主人房間

小發的房間，最重要的東西如電視機、結他、槍械等都放這裏。

C 工具間

這裏什麼材料都有，最適合用來製造各種工具。

D 鴨舍

母鴨麗麗和她的一眾鴨子居住的小屋子。

E 雞舍

母雞美美和她的小雞手下居住的屋子。

這裏就是我們的家園——甲蟲農場了。為了做好規劃、保護好自己，我們特別為農場和這一帶畫了這幅地圖。大家來研究研究吧，但別流傳給狼大他們啊！

F 兔舍

牛頓和兔子們就在這屋子裏生活，這裏也是他的實驗室啊！

G 豬舍

小豬們生活的屋子，別吵着我們睡覺啊！

H 訓練場

曾經是羊舍，現在成為了動物們集合和活動的場所。

I 牧羊狗之家

木木就是在這裏睡覺，但他總是不在，不知跑到哪裏了。

J 瞭望所

建在大橡樹上，守衞站在上面可看清楚周圍環境。還有通話器和警鐘，方便向大家發出警報。

目錄

第一章 怎麼辦？農場主人不見了！

「**他就這麼走了？**」母雞美美看看母鴨麗麗，表情很是驚異。

「他就這麼走了。」母鴨麗麗點點頭，「應該再也不回來了。」

「那我們以後就不用再被要求每天下一隻蛋了！」美美很是興奮。

「當然，如果願意，你可以十年才下一隻蛋。」麗麗說，「我就是這樣想的，我要規劃一下，是十年下一隻蛋，還是十一年下一隻蛋。」

「嗨，兩位美女，在說什麼？」一隻

牧羊犬走了過來，「是不是想出去走走呀？要去那邊的山上嗎？我一直想去看一看，我保護你們去吧。保護你們是我的**終生職責**。」

「木木，你看，那邊有一隻老虎……」美美指着不遠處的一棵樹，對牧羊犬説，「啊，好像要到我們這裏來。」

「怎麼可能？」叫木木的牧羊犬一臉驚異和慌張，「不過我還是先躲一會吧！」

說着，木木轉身就跑，也不知道跑到什麼地方去了。

這裏是優美市完美山林的甲蟲農場，甲蟲農場經營了三代，第一代經營者名字叫大發，第二代叫中發，第三代叫小發。大發創建這個農場，開始叫第一農場，他想這個農場事業發達，代代相傳；但是小發對這個農場**經營不善**，因為他更酷愛音樂，尤其是搖滾樂，他甚至把農場改名為甲蟲農場，用來紀念甲蟲樂隊。

小發到處給各個搖滾樂隊寄自己的表

演資料，夢想加入一支樂隊，開始自己的演藝生涯，他早就不想經營農場了。終於，優美市最著名的螳螂樂隊決定接收他為主唱，並立即開始巡迴演出，小發喜出望外，多年的夢想終於成真了。

離開之前，他打開了農場大門，要放了農場裏所有的動物，因為他再也不想，也不需要回到這裏了。隨後，他只背上自己的結他，坐上他打電話叫來的計程車出發了。

甲蟲農場的動物不算多，有二十隻雞，二十隻鴨，幾隻兔子，幾隻豬，還有一隻負責看家護園但**膽小如鼠**的牧羊犬，農場主要就是出售雞蛋和鴨蛋。

此時的農場，大門敞開，這裏完全自由了。農場裏的雞羣都聽母雞美美的，鴨子都聽母鴨麗麗的。雞鴨們此時都聚集在農場門口，**嘰嘰嘎嘎**地討論。

「我要去旁邊的蘿蔔農場探望我的姑媽，我還在雞蛋裏的時候她就在我身邊祝福我，一定會成為產蛋高手。」一隻母雞扇了扇翅膀，「當時我都聽見了。」

「我要去優美市逛超市。」一隻母鴨也扇扇翅膀，「聽説小發把我的蛋送到超市去賣，我要看看賣出去了沒有。我在那隻蛋上做了個記號，我認得它。」

「去蘿蔔農場——」母雞瞪着母鴨。

「去優美超市——」母鴨瞪着母雞。

「好了，不要亂吵了，我們現在都自由了，想去哪裏就去哪裏。」美美站在門口，揮了揮手，「我們先去蘿蔔農場，再

去優美超市，但最終我們要回到蘿蔔農場。因為小發跑了，今後沒人給我們飼料了，我們要去蘿蔔農場下蛋，那裏的主人會收留我們的。」

「那裏的主人會收留我們的。」麗麗跟着說，她雖然是鴨子們的頭領，但是最喜歡附和美美，好像是美美的跟班一樣，「就這樣吧，噢，還要叫上那些兔子和小豬。」

「現在還早，我們先出去轉一圈，晚上再叫上他們。」美美說着，想到了什麼，「哎，就是那隻膽小狗木木，就會吹牛，不知道人家會不會收留他。」

「不收留他，他就變成流浪狗了，不

過我們可以把飼料留給他吃。」麗麗説道，「反正他不愛吃肉。」

「那是小發從來不給他吃肉，小發沒錢買肉。」一隻母雞叫道。

母雞的話引來一片笑聲，大家都開始嘲笑小發，厭惡他那種偶然連飼料也供給不上的日子。

美美又揮了揮手，打斷了大家，現在她們要去蘿蔔農場了。蘿蔔農場名字叫蘿蔔，但並不完全種蘿蔔，那裏的雞鴨更多。

美美走在最前面，向農場外走去，她有些小心翼翼的，畢竟這是她第一踏出農場的大門。

「咣——」的一聲，敞開的大門被忽然關上，把門關閉的，是從後面衝過來的一隻小豬，小豬很胖，走路一扭一扭的。

小豬顯得氣呼呼。

「你們幹什麼？」叫阿呼的小豬叫了起來，「我剛聽說小發跑了，我們算是自由了，那你們就出去嗎？」

「阿呼，你怎麼不去睡覺了？」美美很不高興地說。

「你這胖胖豬**打呼震天響，口水流一地**，多滿邋的生活呀，跑到這裏管我們幹什麼？」麗麗説道。

「打呼和流口水，那只是我的業餘愛好。」阿呼皺起了眉，「現在我要和你談的是正經事，你們真要出去嗎？」

「不出去那我們幹什麼呢？全都餓死在這裏嗎？」美美説道。

阿呼指着農場對面的樹林説：「狼大、狐二和熊三，有可能就躲在附近！出去亂逛，可能會被他們吃掉，明白嗎？」

「大白天的，他們不會出來吧？」麗麗説道，「你看看，哪有他們的影子？」

「情況不一樣了，小發跑了，這裏是沒有主人的農場了，甚至這一片都沒有人類居住，最近的蘿蔔農場在十公里外，狼大他們要把你們堵在路上，沒人能救你們。」

阿呼是甲蟲農場裏幾隻豬中的一隻，平時喜歡睡覺，也不**顯山露水**。但是，一直和他在一起的幾隻豬都說他很聰明。他全身都很胖，行動遲緩，只有尾巴是細的，而且他開動腦筋的時候，尾巴會轉起來。

聽了阿呼的話，美美和麗麗還是不以為然，堅持要去外面，她們就是覺得大白天的，狼大、狐二和熊三——三個一直對農場動物有威脅的傢伙，一定不會出來。

第二章 你們不許出門！

這些年來，狼大等三個壞蛋，一直在附近幾個農場周邊轉來轉去的，總想**偷雞抓鴨**。小發有把獵槍，教訓過這三個壞蛋，但是都沒打中，只是嚇跑了他們。在防衛方面，小發倒是積極的，否則農場的雞鴨都被偷走了，他就要破產了。

此時，就在甲蟲農場不遠的麪包山的山洞裏，一身黑色毛髮的狼大——他是一隻體態健碩的狼；一身紅毛的狐二——他是一隻身材瘦小的狐狸；還有大塊頭、一

身棕色毛髮的熊三——他當然是一隻熊。他們或躺或坐，**無精打采**。他們的早餐在是附近採的藍莓，他們已經很久沒有吃到肉了。

「老大，你還要吃嗎？」熊三把一個籃筐遞給狼大，籃筐裏都是藍莓果。

「滾一邊去！」狼大沒好氣地説，「肉食動物天天吃水果，我都忘了自己是一隻狼了。」

「你不吃我就吃了。」熊三抱着籃筐坐到一邊，「怎麼也能填飽肚子呀，我也想吃肉呀，我現在吃着藍莓，腦裏想的是烤雞和燒鴨，這樣胃口會好一點。」

「沒出息的東西！」狼大罵了一句，他看看狐二，「老二，電視機遙控器呢？把電視打開看看。」

狐二連忙開始翻找。他們三個住的山洞，裝飾得倒像一個家，四面整潔，家具家電齊全，尤其是有一個超大的冰箱。這些都是他們半夜在優美市撿來的，比如健身器；也有從商店偷來的，比如手機，雖然機裏沒有電話卡，但是可以玩簡單的遊戲。山洞後面，有一排穿山的電線杆，狐二從最近的一個電線杆上引下來一條電線，這樣，山洞裏的用電就解決了。

狐二終於找到遙控器，打開了電視機。

老二，
我要看動畫片！
遵命！
我喜歡吃烤雞
和燒鴨！

「我要看《棉花寶寶》。」熊三看到電視機打開，立即喊道。

「幼稚，看什麼《棉花寶寶》？」狼大瞪了熊三一眼，「看《電線寶寶》！」

狐二立即開始轉台。

「老大，好了，現在是《優美新聞》時間，之後播放幾個廣告，就是《電線寶寶》了。」狐二説道。

狼大點點頭，開始看電視。熊三也湊了過來。電視畫面上，記者拿着麥克風，在採訪一個男子。

「……本市最著名的搖滾樂隊——螳螂樂隊就要巡迴演出了，現在我們就來採訪一下這支樂隊的新晉主唱——小發！小發，請問臨出發前，你是什麼心情？」記者問道。

「我太激動了……」男子**渾身顫抖**着，「我要用我的歌聲打動世界歌迷，我再也不要在那個破農場養雞養鴨了！」

「現在外界有傳言，螳螂樂隊之所以請你擔任主唱，是因為原

來的主唱阿蝗滑雪時扭傷了大腿，三年後才能恢復，而你和阿蝗的外貌驚人的一致，所以他們才請你冒充阿蝗……」

「造謠！亂說！哪裏像了？我身高就比阿蝗高半厘米嘛！其他的地方嘛，確實有點像，但我是憑藉實力的……」小發激動地說。

山洞裏，狐二眨了眨眼睛。

「這個大傻子，很眼熟呀。啊，我想起來了，他是小發。以前我們偷雞的時候，他對我們開過槍，差點打中老三。」

「嗯，我也想起來了。」狼大點點頭，「就是這個傢伙，最破的農場，最爛的主人。」

「你們聽到他說什麼了嗎？」狐二激動地指着電視機，「他說他要去巡迴演出了……」

「啊，是呀。」熊三眨眨眼，「你是說我們也要組建一支樂隊嗎？」

沒等熊三說完，狐二一拳打過來，打

在熊三頭上。

「組建樂隊？你覺得人類會看一隻狼、一隻狐狸、一隻熊唱歌嗎？」狐二說着看看狼大，「老大，我覺得我們的機會來了！『再見了甲蟲農場』小發剛才說的，他不要農場，去巡迴演出了。他現在是大明星了，小小的農場算什麼？」

「嗯，你是說……小發不在農場了，我們可以去甲蟲農場**偷雞搶鴨**，不用害怕被槍打了？」

「對，就是這個意思。」狐二很是興奮，「那裏現在是個無主的農場了，就算小發想賣掉那裏，那麼破爛的農場也不會

有人買的。所以⋯⋯哈哈哈⋯⋯」

「緊急集合！立正——」狼大跳起來，「現在我們就去甲蟲農場吃肉——」

狐二和熊三聽到狼大的話，立即立正，熊三擦了擦嘴巴。

「是去吃雞嗎？」熊三搖頭晃腦的，「沒有槍打我，我什麼都不怕。」

狼大、狐二和熊三一起衝出了山洞。

*　　　　*　　　　*

甲蟲農場的大門口，動物們還在僵持着，美美和麗麗一定要出去，阿呼攔着大家。這時，一隻戴眼鏡的兔子跑了過來。

「你們吵什麼呢？」兔子衝到門口，

連忙問道。

「噢，是牛頓。」美美看看兔子，説道，「小發把這裏拋棄的事，你也聽説了吧？這是個好事，我們決定去外面走走，晚上集體投奔蘿蔔農場。可是阿呼不同意，還用他那胖胖的身軀擋着門。」

第三章 大詩人木木

這位叫牛頓的兔子也是農場的一員，

他總覺得自己是一個科學家。

因為小發以前有兩本書丟在房間外——一本書是《字典》，另一本是《怎樣查字典》，被牛頓看了，他就覺得自己很有知識了。後來，一張優美市中學的畢業文憑從一輛搬家車上飄進了農場，被牛頓撿到，文憑上的名字恰巧叫牛頓，他就宣布自己完全是一個科學家了，因為他還有文憑。

「狼大、狐二和熊三可能就在外面，被他們截住就完蛋了！」阿呼激動地對牛頓說，「你快來勸勸美美和麗麗！」

「這個……這個……」牛頓推了推眼鏡，那是一副沒有鏡片的眼鏡，戴上眼鏡

的他感覺自己更像科學家，而這副眼鏡當然也是小發扔掉的，「你們知道，我是一個科學家，對於這種民間糾紛，我很難解決。」

「這不是民間糾紛，這關係到生死存亡！」阿呼激動起來，「牛頓，用你的科學家腦子想一想，她們會被吃掉的！」

「真是囉嗦，阿呼，回去睡覺吧，看上去你就是**睡眠不足**。」美美顯然很不耐煩了，她衝到大門那裏，猛地推開阿呼，「雞鴨姐妹們，我們衝出去，衝呀——」

麗麗立即帶着兩隻母鴨衝過來，和美

美一起推開阿呼，另外兩隻母雞衝到大門口，把大門推開，其餘的雞鴨一起衝出了農場，沿着門口的路跑去。

看到大家都衝了出去，美美和麗麗也停止了和阿呼的拉扯，轉身跟着那些同伴跑了。阿呼被推倒在地上，他緩慢地站起來，緩慢地跑到了門外，看着遠去的雞鴨，感到**無可奈何**。

「喂——你們都回來——」阿呼叫道，他做着最後的努力。

雞鴨們都走遠了，沒有誰理睬阿呼。這時，牛頓也很小心地走出了大門。

「噢，她們都走了嗎？既然小發走

了，他不要這裏了，今後我可以放開手腳做科學實驗了。」牛頓**眉飛色舞**地說，「三年以後，啊，也許是五年以後，諾貝爾化學獎就會頒發給甲蟲農場的科學家牛頓，就是我。」

「人類會把諾貝爾獎發給一隻兔子嗎？」阿呼沒好氣地說，「現在的問題是她們會遇到危險，你難道沒感覺嗎？」

「我……」牛頓眨眨眼，「噢，請你原諒一個科學家，每天想的都是科學上的事。今天的變化太快，小發突然就不要我們了，我要把腦子裏的科學頻道，調換到生活頻道……」

正說着，牧羊犬木木從農場裏探出了頭。剛才他被美美嚇唬，躲了起來。不過一直沒有等來危險，反倒是聽到大門口美美和麗麗與阿呼的爭吵聲，於是跑了過來，看看有什麼情況。

「木木，美美和麗麗她們跑出去了，很危險呀！」看到木木跑來，阿呼立即說。

「什麼？沒有我的保護，她們就敢跑出去？」木木很是吃驚，「這、這可怎麼辦？」

「你就是看家護園的，剛才你去哪裏了？」阿呼埋怨地問，「你要是幫我攔

着，她們就不會跑出去了。」

「我……躲到……走到河邊唸詩。你們來聽聽，**啊！農場，小發不要的農場！**」木木搖頭晃腦地說。

「現在我們必須把她們找回來。」阿呼着急地說，「狼大他們每天都在這邊轉來轉去的，要是看見雞鴨都跑到了農場外，一定會把她們全都吃了的。」

「啊，對呀！」牛頓喊道，「從科學的思維思考這個問題，她們的確會被吃掉，這是科學答案。」

「快！我們去把她們找回來，我們一起去……」阿呼指着大門外，說道。

「是去救她們嗎？會遇到狼大嗎？」木木晃晃腦袋，「啊，我還有事，我還要去河邊唸詩，剛才那首詩還沒有唸完。」

「不要走——」阿呼一把拉住木木，「我們人手不夠，也許要和狼大搏鬥，你必須留下幫忙。」

「我們怎能打得過狼大？他們這團夥還有一隻熊呢，雖然說看上去很笨。」木木**顫顫巍巍**地說。

「想個辦法，無論如何，要把她們找回來。」阿呼堅定地說，「用什麼辦法呢？」

阿呼說着，尾巴開始轉動，他在想辦法了。牛頓和木木都盯着他的尾巴。

阿呼的尾巴轉動了！

用什麼辦法呢？

第四章 狼來了！

沿着路走，一直向北，就是蘿蔔農場，再向北就能到達優美市。美美和麗麗帶着那些雞鴨，一路説笑着，她們可是第一次走這麼遠的路。雖然甲蟲農場也不算太小，裏面甚至還有一條小河流過，但是每天都在農場裏，哪有外面這樣新鮮。

「美美，你看那邊，就像一座山一樣，山頂上還飄着白雲。真沒想到這裏的風光這樣美麗！」麗麗和美美走在最前面，她拉了拉美美，説道。

「那就是一座山。」美美有些不屑地說，「而且你一直能看見，只不過你都是在農場裏看到的。」

「是嗎？」麗麗聳聳肩，「無所謂，我是説我們這裏風光好，這一次真的沒有**白走一趟**。」

幾隻雞鴨衝進旁邊的樹林裏，開始抓蟲子吃。美美立即大喊，叫她們出來。實際上，美美並沒有完全放鬆戒備，她當然知道狼大團夥的威脅，只是覺得他們通常都是夜晚活動，大白天的應該都在家裏睡覺吧。

幾隻雞鴨被美美叫了出來，雞鴨們排

成兩大隊，瀟灑又悠閒地向前走着，一路留下的都是歡聲笑語。

「噢，美美，你看天上，那個東西就像飛機一樣，飛得那麼快，還有兩隻長長的翅膀！」麗麗忽然指着天空，喊了起來。

「麗麗，那就是飛機，不是像飛機。」美美抬頭看看天空，「麗麗，你這一出門，就像沒有見過世面一樣，飛機我們在農場裏也可以看到。」

「她就是沒見過世面。」麗麗身後的一隻鴨子喊道。

雞鴨們全都笑了，麗麗則滿不在乎。

「我就是高興，我就是興奮。」麗麗

扭動着身子，「今後再也不用躲在那個破農場裏……啊，美美，你看，那邊來了三個動物，像不像狼大、狐二和熊三？」

「**那就是狼大、狐二和熊三！**」美美説道，她驚得跳了起來，大聲喊叫起來，「大家快跑——」

狼大、狐二和熊三本來就是去甲蟲農場抓雞搶鴨的，他們從麪包山來這裏，要穿過一片樹林，他們剛從樹林走到路上，就看見正面走來好多隻雞鴨。他們三個頓時興奮起來，衝着雞鴨們就跑過去。

雞鴨們聽到了走在最前面的美美的喊聲，也都看到了狼大團夥，大家嚇得

連喊帶叫，四散奔逃。美美和麗麗距離狼大他們最近，她倆怎麼能跑過狼大？幾秒鐘的時間，她們就被狼大抓住，狼大左手按住了美美，右手按住了麗麗，得意地狂笑。

狐二也抓住了兩隻雞，熊三就抓住了四隻鴨，他用兩個胳膊，各夾着兩隻鴨。

「哇哈哈哈哈，吃大餐了！」熊三大笑不止。

「把這兩個綁住，再去抓兩隻。」狼大命令狐二和熊三，他騰不出手了。

「都跑了，抓不住。」狐二說，「老大，就這幾隻，夠我們吃兩天的了。」

「我不夠，我胃口好。」熊三説着抬起一隻胳膊，想要去幫狼大按着美美和麗麗，他胳膊下夾着的兩隻鴨子掉在地上，立即跑了。

熊三連忙去追，但是跑了兩步，兩隻鴨子飛快地跑進了樹林，不見了。熊三氣得哇哇大叫。

「真笨。」狼大看看熊三，隨後抓起美美和麗麗，「就這兩隻吧！先吃了，明天還來，反正破農場沒主人了。」

「嗨，狼大，早上中午好。」麗麗扭着身子，很想掙脱，「我腦子不好，我有笨蛋綜合傳染症，你要是吃了我，也會變

成笨蛋的。」

「那我就讓熊三吃了你，他本來就笨，不會更笨了。」狼大冷笑起來。

「**救命呀——救命呀——**」美美被狼大抓着，喊叫起來。

「沒人能救你了。」狼大抓着美美的手晃了晃她，「我看看，還挺肥的，就先吃你吧！」

「就在這裏吃？」狐二問道，「噢，我口水都流出來了。」

「老大，老二，請——」熊三説着，就把一隻鴨子舉起來。

「開餐了——」狼大説着舉起了美

美，張開了大嘴。

「完啦——」美美懊悔地大叫着，她都看見狼大的大紅舌頭了。

「噹——」的一聲槍聲，一顆子彈射向正在張開大嘴的狼大，子彈打中了狼大的右耳，狼大頓時**慘叫一聲**。

不遠處，牛頓和木木舉着槍——牛頓舉着槍管，木木舉着槍托。阿呼在一邊瞄準，並且按下了扳機。狼大右耳被打掉，連忙捂着耳朵，美美和麗麗被鬆開，向阿呼這邊跑來。

牛頓他們身後，農場裏的兔子和小豬各自舉着石塊，一起向狼大他們扔過去。

開餐了！
完啦！
砰！

嘩呀！

「啊——痛死了——」熊三被一塊石頭砸中，他慘叫一聲，鬆開了手裏的鴨子，鴨子立即逃走了。

「放開她們——」阿呼開始調整槍管，這次槍管對準了還抓

着雞的狐二。

「啊……」狐二很不情願，沒鬆手，「我們來談一談，今天天氣不錯……」

「噹——」的一聲槍響，一顆子彈擦着狐二的身子飛了出去，同時，幾塊石頭也砸向他。狐二立即鬆手，兩隻雞連忙跑到阿呼這邊。

「快跑——」阿呼看到所有被抓的雞鴨都脫離了危險，立即喊道。

聽到阿呼的話，雞鴨們轉身就向農場方向跑去。木木和牛頓舉着獵槍，夾在大家中間，拚命往回跑。阿呼跑得慢，幾隻兔子又拉又推，加快他逃跑的速度。

狼大這邊，看到動物們全都跑了，狼大**氣急敗壞**，熊三又蹦又跳。

「哇——氣死我——耳朵還被打掉一隻——」狼大喊道。

「老大，要是他們再打一顆子彈，把你左耳也打掉，你就是『無耳狼』了，他們真是太狠了！」熊三走過去，說道。

「另外一顆子彈應該打老二呀，為什麼總是打我？」狼大沒好氣地說。

狐二眨了眨眼睛。

「另外一顆子彈就是打我了，他們用的是雙管獵槍，一共就兩發子彈，我沒看見他們上新的子彈就跑了。」狐二想起什麼，「啊！槍膛裏就兩發子彈，他們沒子彈了，快去追呀！」

狐二說着，向農場方向指了指，隨即就衝了出去。狼大和熊三跟了上去，狼大也顧不得自己的耳朵還痛得很呢。

第五章 哎呀，沒子彈了！

動物們向農場飛奔，馬上就要跑到農場大門的時候，美美回頭看了一眼，猛地發現追上來的狼大，嚇得她大叫起來。她這樣一叫，大家更慌張了。本來木木和牛頓還扛着獵槍，此時木木扔下槍，**大呼小叫**地跑進農場去，還好牛頓沒有放手，一隻兔子上來幫忙，抬起槍，和牛頓一起把槍帶進農場裏。

「站住——站住——」狼大的聲音從後面傳來，「賠我的耳朵——」

麗麗和一隻鴨子最後跑進農場，她倆隨即把大門關上。甲蟲農場的大門是一扇木柵欄門，整個農場被木柵欄圍成一圈。麗麗剛拉上門栓，把大門鎖上，狼大就追到了門口。

「出來——都給我出來——」狼大大叫着，隨後開始撞門。

大門震動着，狼大撞了幾下，這個柵欄門還是很結實，狼大看撞不動，揮揮手，讓後面的熊三來撞。熊三**體壯身大**，他猛地衝向大門，「咣」的一聲巨響，大地都跟着震動起來。

「老三，撞開它——」狐二在一邊跳

一邊比畫着，「這裏沒有主人了，不會有人向我們開槍了——」

突然，一枝槍管伸了出來，對準了狐二。栅欄後，牛頓抬着槍，把槍管伸出來，阿呼操縱着槍托。

「啊——」狐二嚇壞了，倒退着跑到很遠。熊三也愣住了，槍口已經向他這邊移動了。

槍口本來已對準了熊三，現在又慢慢轉向狼大。狼大捂着腦袋，滾到了一邊。但是，槍聲始終沒有再響起。

「沒子彈了——他們沒子彈了——」狐二已經跑到農場前面的道路旁的一棵樹

後，他從樹後跳了出來，很是興奮，「熊三，撞開大門——」

「就是呀，你說他們沒子彈，但還嚇成這樣子。」狼大埋怨着狐二，也跑向大門，他現在也不怕沒有子彈的獵槍了。

熊三後退了十幾米，準備衝過來撞開大門。

「噢，糟糕，被他們識破了。」牛頓看了看身後的阿呼。

阿呼的確是嚇唬狼大他們的，雙管獵槍是他為了救美美她們，從小發的房間裏搬出來的，這其實就是剛才阿呼尾巴轉動起來時，想出來的辦法——

小遊戲

小發房間找找看

小發的房間就在大門旁，這裏就是剛才阿呼走進房間時的情況。可是，這裏實在凌亂得很，到處都是各種雜物。你可以幫忙阿呼找出小發的獵槍和一盒子彈放了在哪裏嗎？

（答案可翻看第127頁）

可惜，阿呼剛才只能找出獵槍，沒有找到子彈。幸好，獵槍裏還有兩顆子彈，阿呼趕着救美美她們，就帶着牛頓和木木衝出農場，也發射了那兩顆子彈。

「找子彈呀——去找子彈——」阿呼知道**瞞不住**狼大了，扭頭向後大喊着，「木木，你去哪裏了？找子彈呀——」

「咣——」的一聲巨響，大門又被熊三撞了一下，似乎就要被撞開一樣。熊三又後退了十幾米，再次衝了過來。

「姐妹們——打——打——」美美的聲音傳來。

阿呼抬頭，看到了飛到半空中的美美和

麗麗，只見她們腳上抓着石頭，狠狠地砸向衝過來的熊三。與此同時，所有的雞鴨都飛起來，抓着石頭砸向熊三，隨後落地。

熊三剛衝到大門口，還未撞擊，多塊石頭就砸在他身上，他抱着腦袋轉身就逃。

「啊，戰鬥雞和戰鬥鴨！」牛頓感歎起來，「如果長期這樣，我們農場裏的雞鴨都可以飛行了，科學上是說得通的……」

地面上，幾隻兔子和幾隻豬，舉着石塊，從柵欄上扔出去，砸向狼大和狐二，他倆慌忙躲閃，但是狼大還是被一塊石頭砸中了頭。

狼大和狐二無法衝進去，只能挨砸，沒辦法，他們慘叫着逃進了農場對面的樹林，熊三在那裏躲着，**喘着粗氣**。

「勝利了——勝利了——」農場的雞鴨、兔子和豬，一起歡呼起來。

「這算什麼勝利？」阿呼擺了擺手，

「我們只是暫時安全，他們不會善罷甘休的。」

「大家準備石塊——」美美大聲命令道，「快，準備他們下一次攻擊——」

「去找子彈吧！小發把子彈放在什麼地方了？」阿呼看了看房間，「我們有了子彈，狼大他們就不敢撞門了。」

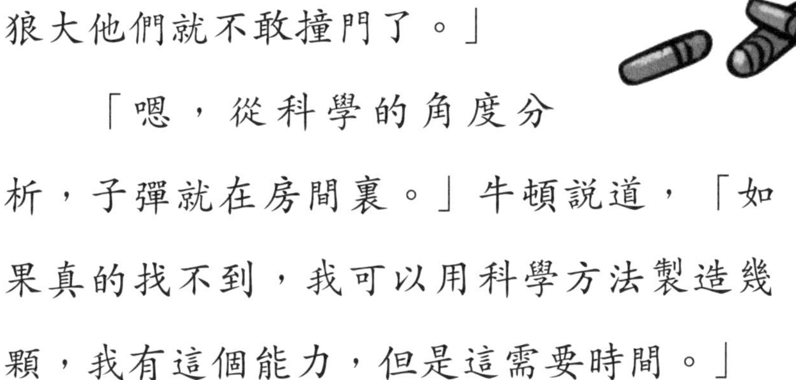

「嗯，從科學的角度分析，子彈就在房間裏。」牛頓説道，「如果真的找不到，我可以用科學方法製造幾顆，我有這個能力，但是這需要時間。」

「等你造出來，我們早被狼大吃了。」

麗麗聽到牛頓的話，說道。

樹林裏，狼大揉着頭，表情很痛苦。

「我們遭到了空襲，空襲呀——」狼大喊道，「痛死我了——」

「老大，下次注意就行了。」狐二看看狼大，「躲的動作要快。」

「還有下次？」狼大沒好氣地說，「就你每次都躲得快。」

「老大，老二，你們也不看看我……」熊三有氣無力地靠着一棵樹，僅僅他的頭上，就有三個被石頭打中而腫起了的包，「我都快被砸暈了，痛呀……」

「笨蛋，不知道怎樣躲。」狼大說

道，「下次注意就行！」

「下次我不衝鋒了。」熊三**膽戰心驚**，「小雞小鴨小豬，戰鬥力強大呀！」

「那是他們依託在柵欄後，我們的武力用不上。」狐二說着亮了亮手爪，他尖尖的爪子閃了一道寒光，「只要我們衝得進去，他們就完蛋了。」

「說得容易，怎麼衝進去呀？」熊三很洩氣地說。

「待我觀察一下吧，我狐二足智多謀，有的是辦法。」狐二比畫着說，「機會是不斷尋找才能得到的。」

第六章 加油呀！木木傳令員

與此同時，甲蟲農場裏，所有動物都聚集了起來，大家**議論紛紛**。他們都知道，狼大他們就在對面樹林裏，隨後都有可能鑽出來再次衝擊農場。誰叫這個農場沒有主人了呢！本來，狼大團夥還是會圍着完美山林這一帶所有的農場找機會的，但現在，他們的目標只有一個了——就是甲蟲農場。

「唔……我覺得，我們還是想辦法離開這裏，去投奔別的農場吧。這裏太不安全。」麗麗看看身後的鴨子們，說道。

「是呀，是呀。」鴨子們一起說。

「主人都走了，以後我們吃什麼呀？尤其是冬天就快來了。」美美說。

「是呀，是呀。」美美身後的母雞們，一起跟着說。

「我們兩個的意見總是那麼一致。」麗麗看看美美，「我本來也不想離開這裏，我快能進小發的房間看電視了，不像以前要跳着腳看房間裏的電視。下周巴黎春季時裝發布會全球直播，我覺得裏面很多款衣服都適合我。」

「嗚——嗚——」兔子們和幾隻豬一起發出嘲弄的聲音。

「美美，麗麗，你們擔心危險的心情我能理解。」阿呼站在台階上，比畫着，「但是你們也經歷了，外面其實更危險，因為狼大他們躲在暗處，隨時可能跳出來，現在他們就在對面樹林裏呢。」

「是呀，所以我和麗麗現在也不敢出去了。」美美說，「但我們要想辦法，離開這裏。」

「離開不如留下，大家不要擔心！」阿呼大聲地說，尾巴開始轉動起來。

「阿呼又在想辦法了。」牛頓喊道。

「是。我們一定要有好的計劃。」阿呼點點頭，「大家注意，農場厚實的柵欄，能擋住狼大一夥，只要我們建立巡邏隊和瞭望所，日夜巡邏，一發現他們偷襲，我們就全體出動。我們可以製造弓箭，射擊他們，這比石頭還管用。」

「對——」木木連忙**拍手叫好**，他剛才躲藏起來，現在聽說狼大他們被打退了，也來到了房間這裏。

阿呼的話打動了大家，美美和麗麗也點頭同意，牛頓說製造弓箭很簡單，他能督導着做出威力強大的弓箭。

「……至於剛才大家擔心的食物問題，穀倉裏的飼料最少能吃三個月的。」阿呼繼續說道，「在這三個月時間裏，我們可以在河邊種地，穀倉裏有種子。我們還可以組成突擊隊，越過農場後面的柵欄，農場後面就是森林，森林裏有的是各種果實，狼大他們又不住在那裏，所以森林裏的果實，也能

支持我們在農場裏生活下去。」

阿呼的話剛說完，大家全都鼓起掌來，食物問題解決，大家就安心很多了。

「過一會，我們就開始製造弓箭，小發房間後的工具間，什麼材料都有。」阿呼讓興奮的大家安靜下來，「現在，我們開始戰隊分工：第一戰隊，母雞戰隊，隊長是美美。」

大家都表示同意，母雞們全都鼓掌。

「謝謝，謝謝大家對我的支持。」美美立即說，「我愛你們——」

「第二戰隊，母鴨戰隊，隊長是麗麗。」阿呼跟着說。

大家又表示同意，麗麗很是得意。

「感謝你們，過幾天我請大家到小發房間裏看巴黎春季時裝發布會……」

「吁——」木木擺擺手，「有什麼好看的？再說，小發已跑了，他的房間可以隨便進出。」

「第三戰隊，小豬戰隊，我來當隊長；第四戰隊，兔子戰隊，牛頓來當隊長。大家沒意見吧？」阿呼問道。

全體同意，然後，牛頓舉起了手。

「我們還缺個總隊長呢，我看阿呼當總隊長，兼任第三戰隊隊長，怎麼樣？」

「好，阿呼總隊長——」美美和麗麗

一起喊道。

阿呼成了總隊長，全體都同意。只有木木，在一邊急得團團轉。

「我呢？我呢？」木木問，「我是總總隊長嗎？」

「你擔任傳令員。」阿呼看看木木。

「木木跑得快，負責給各個戰隊傳達任務，今後要是和狼大他們作戰，我們要在農場各區全線防禦，不可能總是聚集在一起。」阿呼繼續解釋説。

「好，我是傳令員！」木木很高興説。

「哼，他只是逃跑員。」美美不屑。

「哈哈哈！逃跑員！」麗麗跟着説。

「我沒逃跑，是機智地迴避風險。」木木**搖頭晃腦**，「作為農場的牧羊犬，我的職責是好好保護你們。不過，我先要保護好自己才能保護好你們……」

「嗚——」所有動物一起發出噓聲。

「我相信，在未來和狼大的戰鬥中，

木木傳令員會勇敢起來，既能保護好自己，也能保護好大家！」阿呼喊道。

「也許吧。」美美晃着頭說。

「也許吧。」麗麗跟着說。

「聽聽，聽聽總隊長的話！」木木很激動，「真是太令我感動了！」

「現在，第一戰隊開始建立瞭望所，並且開始沿着農場巡邏，瞭望所可以建在河邊的大橡樹上，在上面可以看清周圍。」

「是！第一戰隊出發——」美美喊道，她轉身看看麗麗，「這平常愛睡覺的小豬，還有些本事呢。」

「以前小發管理這裏，大家都是吃吃

喝喝，誰也看不出誰有本事。」麗麗說。

第一戰隊走了，阿呼揮揮手說：「第二戰隊去準備石塊，沿着柵欄擺放，弓箭造出來前，石塊就是武器。狼大團夥無論從哪裏進攻，我們都有石塊反擊。」

「是！第二戰隊出發——」麗麗招呼手下，喊道。

「第三戰隊和第四戰隊，在牛頓的指揮下，去工具間造弓箭吧！」阿呼看第二戰隊走了之後，喊道。

木木指着自己說：「我要幹什麼？」

「你？」阿呼看看木木，「想幹什麼就幹什麼吧。」

第七章 神秘的貨車

阿呼說着就帶領大家向工具間走去，木木連忙跟上，說要去幫忙。

甲蟲農場整體呈現出一個橢圓形的外輪廓，面積大概有兩平方公里左右。農場裏面水草肥美，一條小河從農場穿過，農場中心有一棵高大的橡樹。農場的正前方，是一條道路，左側是一片草原，右側和後面都是森林。

小發的工具間裏，各種工具、器具，**應有盡有**。牛頓似乎確實有些技能，他

讓大家用樹枝做弓箭，彎曲度不夠的樹枝，他用火把樹枝烤彎，效果非常好。

木木在工具間來回亂竄，幫不上什麼忙，還把做好的箭枝弄斷了，牛頓把他趕走，讓他去幫着美美巡邏，木木很不情願地走了。

十幾分鐘後，木木又跑了回來。

「又要搗亂，自己玩去。」牛頓看見木木回來，很不高興。

「我不是搗亂。」木木看看牛頓，又看看阿呼，「我跟着美美她們巡邏，看見狼大他們三個從農場後面的森林鑽出來。他們看見我們，立即跑進了森林。」

「嗯，他們這是找機會偷襲呢。」阿呼說，「還好我們提前做了布置。」

「美美她們在大橡樹上掛了一個鐘，兩隻雞在上面放哨，能看見農場四邊所有情況，有事就會敲鐘。」木木說，「我就是擔心晚上，天黑看不清地面的情況。」

「那就徹夜輪流巡邏吧。」阿呼說，「狼大他們想偷襲，不可能！」

甲蟲農場對面的樹林裏，狼大、狐二和熊三氣呼呼地走到一棵大樹下，坐好。熊三氣喘吁吁的，因為他們剛走了很長的路——圍着農場轉了兩圈。

「他們居然開始巡邏了！」狼大暴躁地喊道，「他們為什麼這麼狡猾！」

「因為他們喝了『腦發達口服液』，

腦發達，喝了都發達！」熊三說，「電視廣告就是這麼說的。」

「砰——」的一聲，狼大一拳砸過去，打在熊三頭上。

「騙人的廣告，你也信！」狼大喊道。

熊三捂着頭，躲到了一邊。

「老二，你看還有什麼機會？要不我們晚上再來？」狼大問道。

「晚上他們要是巡邏，我們也進不去。」狐二說，「柵欄周圍都擺上石塊了，我們要是強攻，還會被石頭砸回來。」

忽然，農場外的道路上有汽車聲傳來，接着就是停車的聲音。

甲蟲農場
優美快運
小發——
在不在——

「小發——在不在——」汽車上，有人大喊着，「快把蛋送來——」

狼大他們聽到喊聲，全都走到樹林邊，把頭探出去，小心地看着那輛汽車。

農場裏，兩隻母鴨走到門口——她們此時負責看守這大門，她倆看着汽車上的人，喊話的是司機。這是一輛貨車，貨車上寫着「優美快運」幾個字。

「小發——不在嗎——」司機看沒人應答，又喊道，「再不出來我就走了——」

農場裏還是沒人應答，司機立即開車走了。

「是運蛋車，每天都把各個農場的雞

蛋和鴨蛋專車運到優美市的大超市裏。」車開走後，熊三說道。

「剛才我們進攻農場的時候，只是那些雞鴨小豬和我們對打，現在運蛋車叫門，小發也沒出來。」狼大很認真地說，「這就能**完全確定**了，小發是真的不要這個農場了，他真的走了。」

「運蛋車……」狐二翻着眼睛，「老大，我好像找到機會了，哈哈哈，我們能攻進去了。」

「什麼？老二，你在說什麼？」狼大問道。

「老二剛才說『運蛋車……老大，我

好像找到機會了，哈哈哈，我們能攻進去了』。」熊三連忙重複一次說。

「滾——」狼大伸手又砸了熊三的腦袋一下，「我是問老二說的是什麼意思，不是重複一遍說話！」

「老大，我們先回去，明天這個時候再來。」狐二說着，得意地笑起來。

第八章 鋸門入侵！

第二天一早，甲蟲農場裏，一片**祥和景象**。小發是真的不要這個農場了，他應該已經開始享受都市生活了。小發的房間，已經被動物們使用中，晚上，大家在這裏看電視；阿呼住進了這裏，裏面有很多小發的東西，阿呼也不想處理了，就那樣放在裏面吧。

大橡樹上，有兩隻母雞，最高的樹杈上，鋪着一塊木板，兩隻母雞就站在上面，觀察着地面。和昨天不同的是，她們

各自背着一張弓，還挎着一個裝着幾枝箭的箭袋，這都是阿呼他們昨天造的，現在大家幾乎都有自己的弓箭了。

地面上，五隻母雞繞着柵欄在巡邏，她們也都背着弓箭。其餘的動物們，此時就很悠閒了，美美和麗麗帶着幾隻雞鴨在小發的房間裏，跟着電視跳健美操。木木懶洋洋地躺在一張躺椅上，迎着早上微暖的陽光，**十分愜意**。

「多麼美好的一天開始了。」阿呼早早起來，他已經圍着農場轉了一圈了，一切都很好。此時，他正和牛頓走在河邊，「啊，狼大不會順着河游進來吧？」

「我昨天就檢查過了，流進和流出農場的河道盡頭，全都有水閘的，水閘完好。」牛頓説。

「那就好。」阿呼很高興，「一會我再去穀倉看看，糧食也要儘快種起來。」

「我發明了無土栽培術，河面上也能種一些糧食，依靠水就能提供養分。」牛頓比畫着説。

「啊，真是科學家，這你也懂？」阿呼很是驚異。

「那當然，這算什麼。」牛頓推了推眼鏡，「我懂的可多着呢。」

一直到下午，農場都**風平浪靜**，美

美和麗麗覺得狼大他們昨天遭到**沉重打擊**，估計要休息上半個月了，也就是說半個月都不用擔心狼大團夥會再襲擊了。當然，必要的巡邏還是要的。

三點多，每天都是這個固定時間，運蛋車來了。

「小發——在不在——」司機對着小發的房子喊了幾句，小發當然不會出來。

司機不知道小發不要這裏了，看看無人應答，司機開着車走了。

「這人可真是執著。」車開走了，站在門口值班的一隻雞和一隻鴨議論起來，現在是輪流值守，守衛大門口的雞叫做吃

吃，「真是煩死了，明天這個時間一定還會來的。」

「如果連續來幾天，小發總不出來，他就不再來了。」一起守衛大門的母鴨叫喝喝，「這個小發，也不把自己走掉的事通知大家。」

她倆正說着，那輛汽車又回來了。這次汽車緊靠着大門口停下，駕駛室裏的司機，露出一個帽子。

「哎，怎麼汽車又來了？」吃吃很是疑惑。

「小發——在不在——小發——在不在——」駕駛室裏，傳出來司機的聲音。

「我覺得是司機今日收不到足夠的雞蛋和鴨蛋，所以還想從小發這裏收貨。」喝喝說，「你說對吧？」

「嗯。」吃吃點點頭，隨後又笑笑，「那你去告訴他，小發已經當歌手了，去城裏了，哈哈哈……」

「我去？你怎麼不去說？嘰嘰嘰，喳喳喳……」喝喝模仿雞叫。

「嘎嘎嘎嘎——」吃吃也模仿鴨叫。

吃吃和喝喝笑着，跑到了一邊，她倆**打鬧起來**。

農場中心的大橡樹上，站在瞭望所的兩隻雞，全都看見了大門口的景象，她們

看到了運蛋車回來了，覺得這沒什麼奇怪的。兩隻雞轉身，向農場後的森林看去，她們總擔心狼大一夥藏在那裏。

這次回來農場大門口的，其實是一個**空殼紙皮車**，是狐二仿照運蛋車，用紙皮造的車，外面畫上運蛋車的外觀圖案，輪胎也是畫上去的。這是狐二他們忙了一晚上才畫好的，中午就抬到了農場門口的樹林裏。

剛才真的運蛋車走了以後，狼大他們借着農場外的樹木掩護，從農場外一百多米外，三個傢伙鑽在紙皮車裏，抬着假運蛋車來到了大門口。司機的喊聲，是狐二

用手機錄下來的，到了農場門口就開始播放，好像司機還在喊話一樣。的確，那把聲音真的是來自司機的。

「小發——在不在——小發——在不在——」狐二躲在空殼車裏，舉着手機，放着聲音。

空殼車前後有三根橫樑，前進後退時，三個傢伙就分別抬着一根橫樑。但熊三此時已經放下橫樑，他的手裏拿着一把鋸。

假運蛋車的車頭有一個口子，這個口子正對着農場大門的門鎖。農場大門關閉後，插上一個門栓，再上鎖，這樣沒有鑰匙，就打不開大門了。

小發——在不在——
在紙皮箱裏面
好熱！
優美快運

甲蟲農場
優美快運
1234

狼大從口子向外看了看，正好對着門鎖位置，他很是高興。

「老三，動手。」狼大拍了拍熊三。

「遵命，老大。」熊三很興奮地說，「昨晚我故意沒吃飯，就等今天飽餐一頓呢。」

「快點，別那麼多廢話。」狐二催促道，「用最短時間鋸開！」

熊三把鋸從口子伸了出去，穿過門縫，放在了門栓上，只要鋸開門栓，大門就會被推開，那把鎖也就沒用了。要是直接接近大門去鋸門栓，會被立即發現，現在依靠這輛空殼紙皮車，沒有誰能發現他們。

熊三小心地鋸了一下，聲音不大，狼大戴個帽子，擋着自己的狼頭，他向外看了看，門口的雞鴨靠在房子的牆角那裏，**眉飛色舞**地説着話，沒有注意這裏，聲

響也沒有驚動她們，狼大連忙縮回頭。

「快，快，她們沒發現。」狼大壓低聲音，說道。

熊三的手加快速度，加重了力道，「吱吱」的聲音傳來，熊三開始全力鋸門栓了！

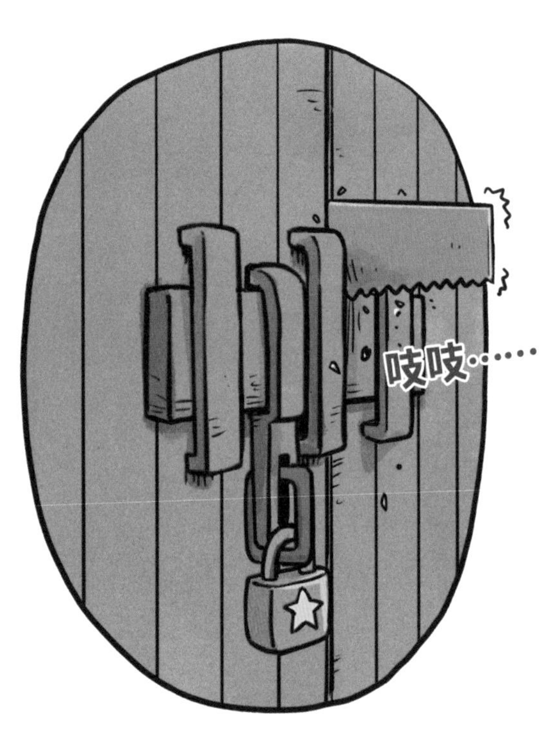

第九章 拆掉禽舍當盾牌？

母雞吃吃靠着牆角，向大門這裏看了看，由於距離有點遠，她沒看到在門栓上劃動的鋸子。

「我說喝喝，我怎麼看門口這輛車，怪怪的呀。」吃吃忽然問道。

「是嗎？」喝喝說，「哇，好像很不真實呀，好像是畫出來的一輛車呀。」

「嗯，不過誰會畫一輛車出來呀？哈哈哈……」吃吃大笑起來。

「小發——在不在——小發——在不

在——」紙皮車裏不停傳來司機的聲音。

「我說吃吃，這司機怎麼喊了這麼半天呀？」喝喝問道。

「是呀。」吃吃說，「他的聲音真難聽，但真有耐性呀，就這麼一直喊着。」

「有耐性的司機，這樣就能把小發喊出來了嗎？哈哈哈……」喝喝大笑起來，「哎，我說吃吃，我怎麼聽到『吱吱』的聲音呀……」

「我也聽見了。」吃吃說，「那麼，我們去看看吧？應該是大門發出來的聲音。」

「吵死了——」木木說着從房間裏走

出來，他和阿呼都在房間裏睡覺，司機的喊聲吵醒了他，「小發已經走了，不要這裏了，這裏也沒有雞蛋和鴨蛋提供了！」

「木木，你聽到什麼聲音了嗎？好像是鋸東西的聲音。」吃吃邊走邊看看木木，「大門那裏。」

「我就只是聽見呼喚小發的聲音。」木木沒好氣地説。

吃吃和喝喝走向大門。紙皮車裏，熊三用力拉動了最後一鋸，門栓被鋸斷了。

「老大斷了——」熊三激動地大喊。

「你才斷了呢。」狼大説着猛地一推紙皮車的外殼，外殼當即破了，狼大衝了

出去，「跟我衝呀——」

熊三和狐二也扯破外殼，衝了出去，紙皮車緊靠大門，他們衝出去後直接撞開了大門。

「啊——狼大——」走近大門的吃吃嚇得差點暈過去，她大叫起來。

喝喝在吃吃身後，轉身就跑。

「哇——狼大狐二熊三來了——」木木愣住了，他喊了起來，轉身跑進房間裏。

狼大衝進大門後，縱身一躍，一把就抓住了吃吃。

「救命呀——」吃吃大喊起來。

「噹——噹——噹——」大橡樹上，

兩隻雞發現了大門口的緊急情況，其中一隻雞馬上敲響警鐘。

「**大門口方向！狼大襲擊！狐二襲擊！熊三襲擊！**」另一隻雞對着話筒喊道，大橡樹上還綁着一個通話器，這是阿呼叫美美放上去的。

鐘聲傳了很遠，喊聲更加令人焦急，農場裏所有的動物都知道狼大團夥入侵了！美美和麗麗在禽舍中吃吃喝喝，聽到喊聲，立即召集第一戰隊和第二戰隊成員，拿着弓箭，衝出了禽舍。

迎面，狐二和熊三已經衝了進來，他們就是衝着這裏的雞鴨來的。

「狐二和熊三！」美美指着正前方，喊道，「射擊——」

雞鴨們舉起弓，開始射箭，狐二和熊三慌忙躲避，一枝箭射在熊三的肩膀上，他大叫一聲，躲到了禽舍旁，用房子作為掩護。

狐二也躲到禽舍旁，一陣亂箭追着他射過來，全部射在禽舍的木板上，這個禽舍，是用木板搭建的。

「小雞和小鴨這麼難對付了？」熊三看看狐二，説道，「昨天用石塊，今天連

弓箭也有了。」

正説着，幾隻小豬跑過來，他們也拿着弓箭，加入到第一戰隊和第二戰隊中，對着狐二和熊三射箭。

「拆下來——」狐二**詭計多端**，他看着插在木板上的箭枝，忽然對熊三説，「木板可以當盾牌——」

熊三身高體壯，力大無比，他用力一拉，一塊木板就被拉下來，他幾拳打去，把一片木板都砸開，狐二撿了一塊稍小一點的，舉着木板就衝了上去。

熊三撿了一塊大木板，把自己的身體完全擋住，他舉着木板也衝上去。

射擊——
嗖——嗖——
嘿嘿嘿
啪啪——
啪啪——

「嗖——嗖——」密集的箭雨射過來，全部射在木板上。

「哇——哇——」麗麗看到射出的箭全被擋住，頓時驚呆了，她大叫着，「美美！怎麼辦——」

「怎麼辦——我也不知道——」美美說道，「要不我們就跑吧——」

美美的話剛說完，狐二和熊三就衝了上來，熊三掄起木板，當即就砸到了幾隻鴨。狐二扔掉木板，縱身一躍，一下也把幾隻鴨給抓住了。

現場的動物們哭喊聲一片，紛紛扔掉弓箭，轉身就跑。這時，在他們的身後，狼大跳出來了！狼大剛才用繩子綁住了吃吃和喝喝，扔在一邊，隨後也衝了過來，他繞到動物們的身後，截住他們，一下就把美美和麗麗給抓住了。

狼大一夥**有備而來**，他們都帶着繩子，每抓住一隻動物，就用繩子捆住，扔在一邊。熊三此時已經抓住了兩隻小豬，也用繩子捆住。

「哇——哇——救命呀——」瞭望所上的兩隻雞，大聲呼喊着，她們不敢下來，只能遠遠地對着禽舍這邊的狼大一夥射箭，但是距離太遠，都沒有射中。

阿呼在小發的房間裏睡大覺，呼嚕聲巨大，還流口水。一開始的警示鐘聲，都沒有吵醒他。木木鑽進房間，躲在角落裏瑟瑟發抖，阿呼也不知道，直到大橡樹上的聲響和呼喊聲持續了一分多鐘，阿呼才

醒來。他醒來後就意識到了什麼。

「木木，怎麼了？」阿呼大聲問。

「來了，狼、狼來了，狐來了，熊來了……」木木**顫顫巍巍**地說，他一直抱着腦袋，不停地抖。

阿呼立即衝出去，剛出房門，就看見牛頓帶着幾隻兔子從工具間出來。牛頓本來在帶領兔子們做實驗，他要

煉製一種「身強體壯大膽湯」，把一些鍋碗都搬進了工具間，進行煉製試驗。工具間關着門，他們也是聽到外面持續傳出來的呼救聲才知道有事發生了，兔子們都手持弓箭。

「阿呼，是狼大衝進來了嗎？」牛頓看見阿呼，急忙問。

「你看，大門是開着的——」阿呼指着不遠處的大門，「狼大他們進來了！」

「救命——救命——」吃吃和喝喝被狼大捆住，扔在了一邊。狼大是打算衝進去多抓一些動物，準備回來大門的時候才把她倆一起帶走的。吃吃和喝喝聽到了阿

呼的聲音，連忙喊叫起來。

「到底是怎麼回事呀？」阿呼和牛頓衝過去，阿呼問道，同時開始解開綁着吃吃的繩子，牛頓去給喝喝鬆綁。

「狼大他們畫了一輛運蛋車靠近大門，我們沒看出來，被他們弄開了大門。」吃吃連忙說，「是用鋸鋸開的。」

「畫了一輛運蛋車？」阿呼很是吃驚，「哎，一定是狐二的詭計！」

「哇！他們來了——」喝喝剛被解開繩子，忽然大叫起來。

第十章 小發回來了？

不遠處，狼大、狐二和熊三，用繩子拉着一串動物，**興高采烈**地向大門這裏走來。

「救命——」美美和麗麗被熊三拉着，哭喊着。

「完了，要變成晚餐了！」一隻小豬哭得更兇，「我有臭豬腳味呀，不要吃我——」

被抓住的動物有七八隻，被熊三拖着，其餘的動物全都**四散而逃**了，只有

大橡樹上的兩隻雞哭喊着求救。

「攔住他們——」阿呼一揮手，「射擊——」

牛頓帶領兔子們，對着狼大、狐二和熊三就開始射箭，他們三個連忙躲避。

阿呼轉身就向大門跑去。

「阿呼！你要逃跑嗎——」吃吃痛苦地喊道。

「我去關上大門——」阿呼説着跑到大門那裏，他看到了被鋸開的門栓，不過他還是關上大門，隨後又跑了回來，「一定要攔住他們呀，不可以讓他們帶走任何動物，要想個辦法……」

阿呼的尾巴又開始轉動了。

吃吃和喝喝撿回自己的弓箭，和兔子們一起向狼大他們射擊，狼大退到一邊，熊三跑回去扛着三塊木板過來。

「啊——」美美被捆着，**行動不便**，也被射中一箭，痛得大喊起來，「吃吃啊！你為什麼射我——我看這是你射出來的箭——」

「美美隊長，不好意思！」吃吃連忙喊道，「我近視呀——」

狼大和狐二拿到熊三遞過來的木板，擋在身前，開始向大門這邊衝來。牛頓他們聯合起來射箭，但是也被木板擋住。

「啊！他們衝過來了！」牛頓着急了。

「衝——」阿呼大喊一聲，「大家一定要擋住他們……我有辦法了。」

阿呼最後這句「我有辦法了」，是壓低聲音說的，只有牛頓他們能聽見，狼大他們距離較遠，聽不見。

牛頓、吃吃、喝喝，還有幾隻兔子，一下就衝了上去，他們用手裏的箭當武器，衝上去搏鬥。剛才沒有被抓住而被打散的幾隻動物，看到牛頓他們全都拚了命，也從狼大他們身後衝上來，加入戰鬥。

阿呼飛快地跑到小發的房間裏。他看見還在發抖的木木。

房間外，動物們和狼大一夥**打成一團**，牛頓拿着手裏的箭猛刺狼大，狼大真的被他刺中了，痛得叫了一聲，一揮手爪，當即就把牛頓打倒在地。

熊三也中了幾箭，但是他是真的**皮糙肉厚**，他揮着手爪，一下就掃倒一班動物。吃吃和喝喝，還有一隻兔子，被熊三打倒在地後，根本就爬不起來了。

一隻雞高高飛起，**居高臨下**地用爪子猛抓熊三，熊三先是痛了一下，隨即伸手一抓，就把那隻雞抓住，掄起來扔了出去。

狐二也打倒了幾隻兔子，他順勢按住一隻，用繩子捆住，這樣他們又多抓了一隻動物了。

動物們又被打散，地上躺着幾隻呻吟着，牛頓手裏拿着一枝箭，退到了大門那

裏，他的背後，就是大門了。

「不能出去——」牛頓用箭指着狼大，喊道。

狼大他們拖拽着被抓住的一串動物，走到大門口前。

「小兔子，我們要把你也抓走——」狼大揮着爪子，向牛頓走去。

「拚了！」牛頓握着箭，準備最後的搏鬥。

牛頓向前邁了一步，忽然，他驚呆了！牛頓吃驚地看着小發房間的窗户那邊，呆着不動了。

「喂——」一個聲音傳來，是從房間

那裏發出的。

狼大、狐二和熊三一起看過去，只見房間的窗户已經打開，小發端着獵槍，獵槍的槍管已經伸出窗台，對準了狼大。

狼大他們嚇壞了，窗户那裏的，就是小發！關鍵是還有那枝獵槍，狼大那天聽到阿呼喊叫着找子彈，判斷出他們當時還找不到小發的子彈。但現在小發自己拿着獵槍，就是一定有子彈的。

狼大立即舉起了雙手，狐二和熊三早就舉起了雙手投降，他們已經鬆開了捆着動物們的繩子。

小發的獵槍稍微晃了晃，腦袋也晃了

晃。狼大他們倒退着，走到大門口。牛頓閃到一邊，狼大看着獵槍的槍口，把大門打開，隨即**飛一般地**逃了出去，狐二和熊三立即跟着，他們一下就鑽進樹林，跑遠了。

「小發怎麼回來了？」牛頓看看吃吃，問道。

「不知道呀！」吃吃搖頭，並吃驚地說，「真夠亂的，這是怎麼回事？」

「快把大門關好，先用繩子捆住，然後再找一根新的門栓換上。」阿呼說着話，從窗户邊閃出來，他一把就扯下木木戴着的小發面具，拍了拍木木，「好了，

嚇跑他們了。」

「**我拯救了大家——**」木木興奮地喊道，他穿着一件小發的衣服，長長的袖子掩蓋住了他的手爪。

「房間裏有小發的照片，在相框裏，和真的頭一樣大。」阿呼對疑惑的大家説，「我剛才把照片取出來，剪成一個頭型，給木木戴上，木木還穿着小發的衣服，躲在窗户後，就是一個持槍的小發了……他們可以畫一輛車來騙我們，我們也可以套上一張頭像照片來嚇他

們呀。」

「那個聲音怎麼來的？」牛頓又問。

「喂——」阿呼喊了一聲，「我躲在窗户邊模仿的，就這一個字，再多說一句就會穿幫，但一個字夠用了。」

一片**讚歎之聲**響起，動物們都很激動，很感歎阿呼的聰明。木木更激動了，他覺得大家是向他致意的。

牛頓他們跑到工具間，找到了一個新的門栓，安裝到了大門上，並鎖好了。阿呼決定在這裏再增加兩個動物看守，緊貼着大門，看着外面的動靜。狼大他們再想別的行動，企圖靠近大門搞破壞的話，應

該是不可能了。

晚飯後，阿呼帶着牛頓、木木、麗麗，來到大門口，檢查那裏的值守情況。美美親自站崗，她的身邊還有三隻雞。

一陣風吹起，把大門口狼大遺留的紙皮車吹走了。

「今天**多虧了你**。」牛頓對阿呼說，「否則，今晚狼大一夥就把我們當晚餐了。」

「你們表現也很勇敢，拖着了狼大他們，我才有時間剪這個面具啊。」阿呼說，「不過呢，他們早晚發現小發沒回來，還是會再來的。」

「我們團結在一起，不怕他們！」美美說。

「不怕他們！」麗麗跟着說。

「嗯，我們要團結在一起，今後幸福、開心地在這個農場生活下去。」阿呼說道，「所以，我覺得這裏不要叫什麼甲蟲農場了，搖滾樂只是小發的夢想吧？」

「那麼，這裏叫什麼好呢？」木木問。

「讓我想一想……」阿呼說着，尾巴又開始轉動起來了。

「我想到了！我們以後要幸福、開心，這裏就叫『**開心農場**』吧！」

「好——開心農場——」牛頓他們一起叫好。

獵槍

子彈

我的獵槍和子彈
就放這裏呀，有
那麼難找嗎？

集合吧！農場瘋狂小戰士 1

紙皮車侵略者

作　　者：關景峰
繪　　圖：K 先生
責任編輯：黃楚雨
美術設計：徐嘉裕
出　　版：新雅文化事業有限公司
香港英皇道 499 號北角工業大廈 18 樓
電話：(852) 2138 7998
傳真：(852) 2597 4003
網址：http://www.sunya.com.hk
電郵：marketing@sunya.com.hk
發　　行：香港聯合書刊物流有限公司
香港荃灣德士古道 220-248 號荃灣工業中心 16 樓
電話：(852) 2150 2100
傳真：(852) 2407 3062
電郵：info@suplogistics.com.hk
印　　刷：中華商務彩色印刷有限公司
香港新界大埔汀麗路 36 號
版　　次：二〇二四年二月初版

ISBN: 978-962-08-8325-5

18/F, North Point Industrial Building, 499 King's Road, Hong Kong
Published in Hong Kong SAR, China
Printed in China